Romãozinho, tuiuiú e outros bichos

Monica Stahel
Luciana Romão (ilustrações)

Saíra
EDITORIAL

Copyright do texto © 2021 Monica Stahel
Copyright das ilustrações © 2021 Luciana Romão

Gestão editorial	Fábia Alvim
Gestão comercial	Felipe Augusto Neves Silva
Gestão administrativa	Rochelle Mateika
Projeto gráfico	Luciana Romão
Capa	Luciana Romão
Editoração eletrônica	Luciana Romão
	Matheus de Sá
Revisão	Luzia Aparecida dos Santos

Dados Internacionais de Catalogação na Publicação (CIP) de acordo com ISBD

S781r   Stahel, Monica

        Romãozinho, tuiuiú e outros bichos / Monica Stahel ; ilustrado por Luciana Romão. - São Paulo, SP : Saíra Editorial, 2020.
        56 p. : il. ; 20,25cm x 27cm.

        ISBN: 978-65-86236-10-1

        1. Literatura infantil. I. Romão, Luciana. II. Título.

                                                               CDD 028.5
2020-3258   CDU 82-93

Elaborado por Vagner Rodolfo da Silva - CRB-8/9410

Índice para catálogo sistemático:
1. Literatura infantil 028.5
2. Literatura infantil 82-93

2021
Todos os direitos reservados à
Saíra Editorial
Rua Doutor Samuel Porto, 396
04054-010 - Vila da Saúde, São Paulo, SP
Tel.: (11) 5594 0601
www.sairaeditorial.com.br
editorial@sairaeditorial.com.br

Aos verdadeiros donos da terra, que lutam bravamente para manter a integridade de sua cultura, da natureza, da vida.

Sobre a autora

Monica Stahel é de Santo André, estado de São Paulo. Formou-se em Ciências Sociais e logo passou a trabalhar na área de edição, principalmente com tradução.

Sempre no meio de livros, começou também a escrever uma ou outra história, inspirada nas duas filhas, nos quatro netos, nos acontecimentos e nas pessoas que foram marcando sua vida. Algumas histórias são inventadas, outras são meio verdadeiras e meio inventadas, mas todas saem do fundo da sua alma, revelando suas ideias e seus sentimentos.

Sobre a ilustradora

    Luciana Romão é uma pessoinha serelepe, mas, ao contrário de seu xará Romãozinho, ama as plantas, os animais, as pedras, os rios, a terra. Se diverte lendo livros ilustrados, imaginando histórias e rabiscando qualquer cantinho de papel que tenha à mão. É graduada em Arquitetura e Urbanismo pela Universidade de São Paulo e, além das ilustrações, trabalha atualmente com educação não formal em artes.

Romãozinho era um menino como nunca vi.

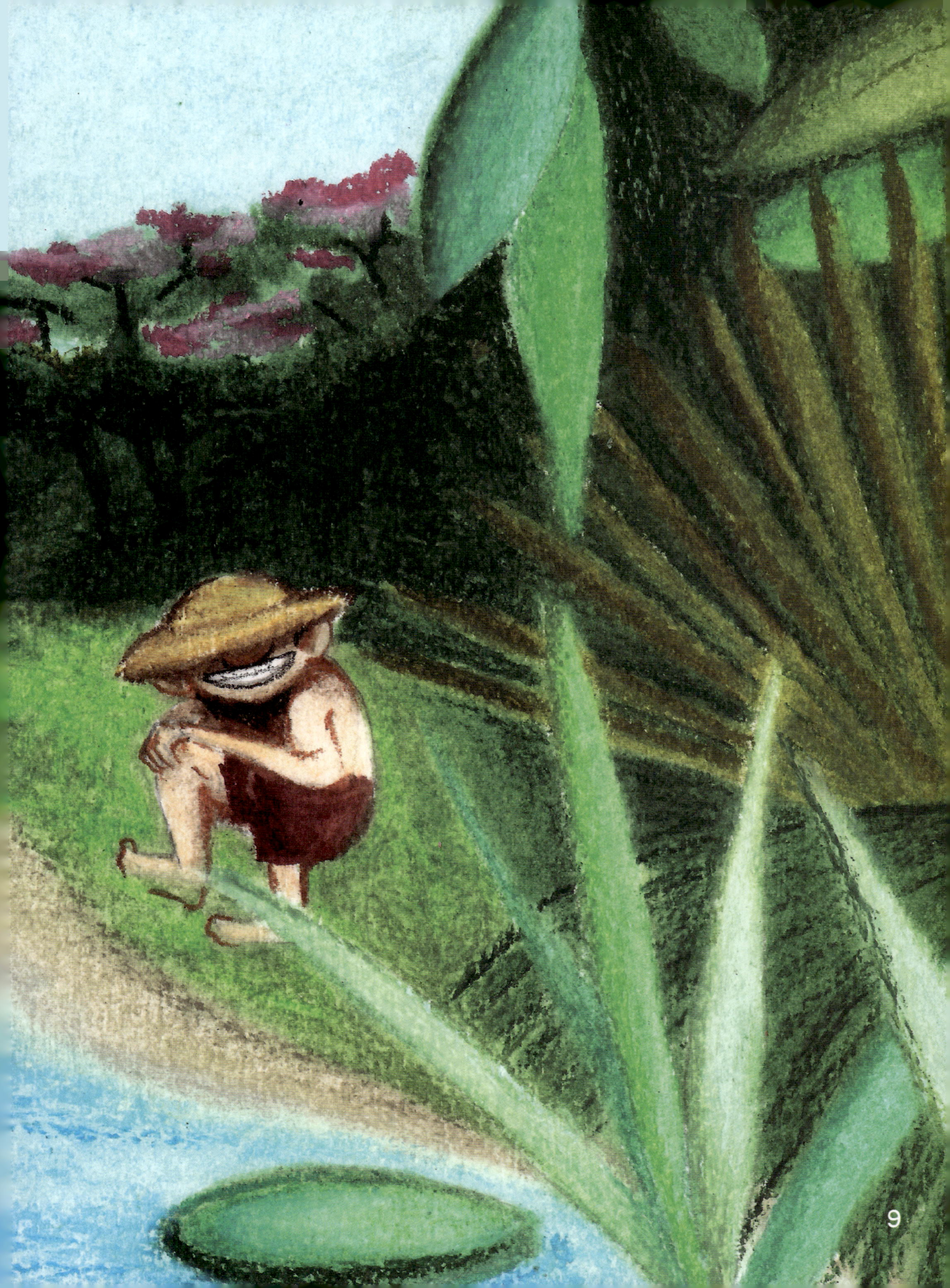

Vivia correndo por campos, matas e florestas, só fazendo maldade.

11

Botava fogo em capim, dava nó em cobra sucuri, cortava rabo de lobo-guará, pintava de branco onça-pintada, arrancava pena de arara.

Romãozinho era **mesmo** da pá virada.

Um dia, na beira da lagoa, o tuiuiú catava seu almoço. Bicava um peixinho aqui, um inseto ali, um ou outro bichinho pequeno.

Do outro lado, não muito longe, estava o jacaré, meio afundado na água. Ao ver o tuiuiú, se mostrou de corpo inteiro e gritou:

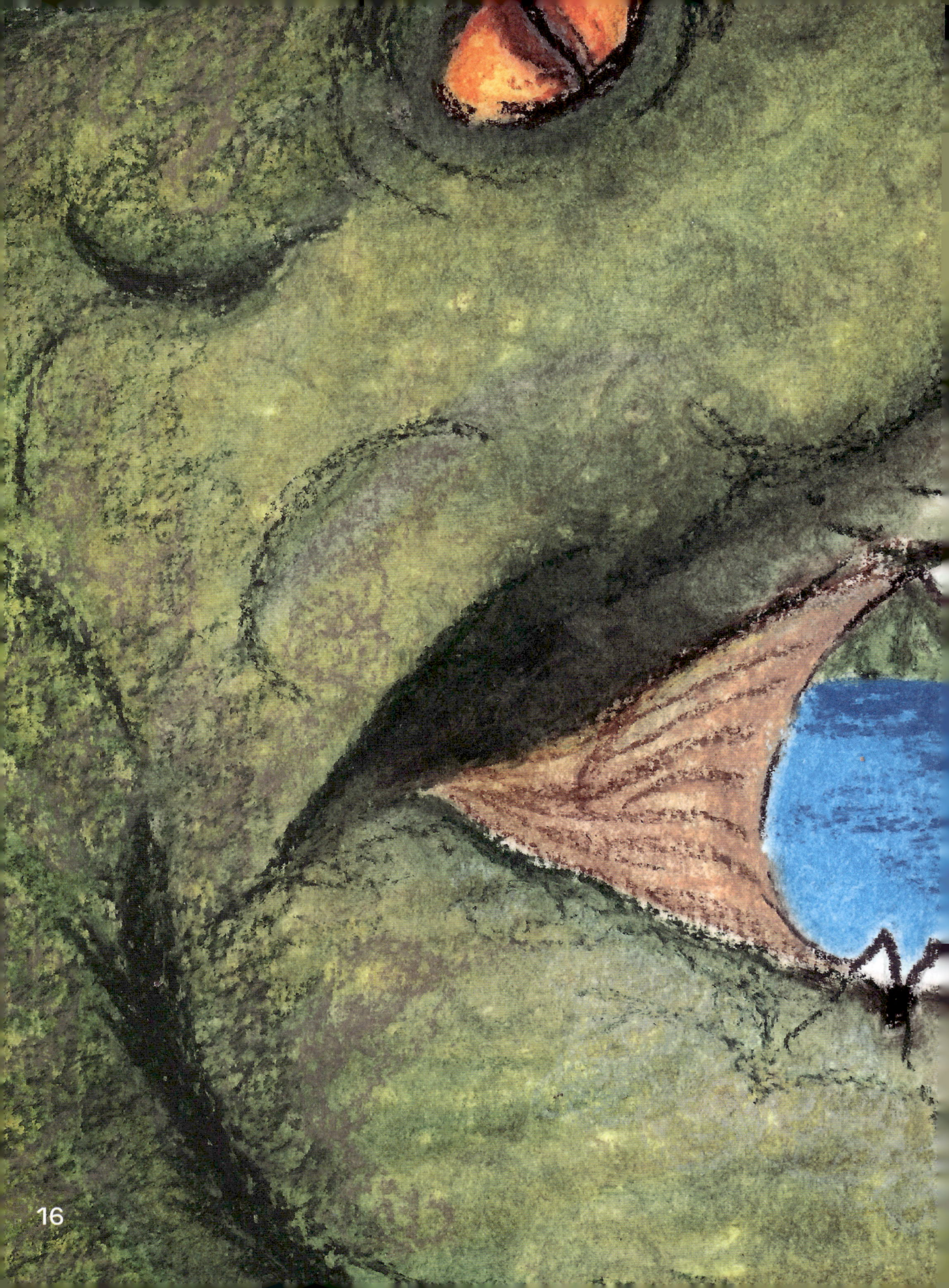

– Amigo tuiuiú, bom dia. Você pode me ajudar?

Já não consigo comer direito, mal consigo mastigar.

Meus dentes estão precisando de uma limpeza.

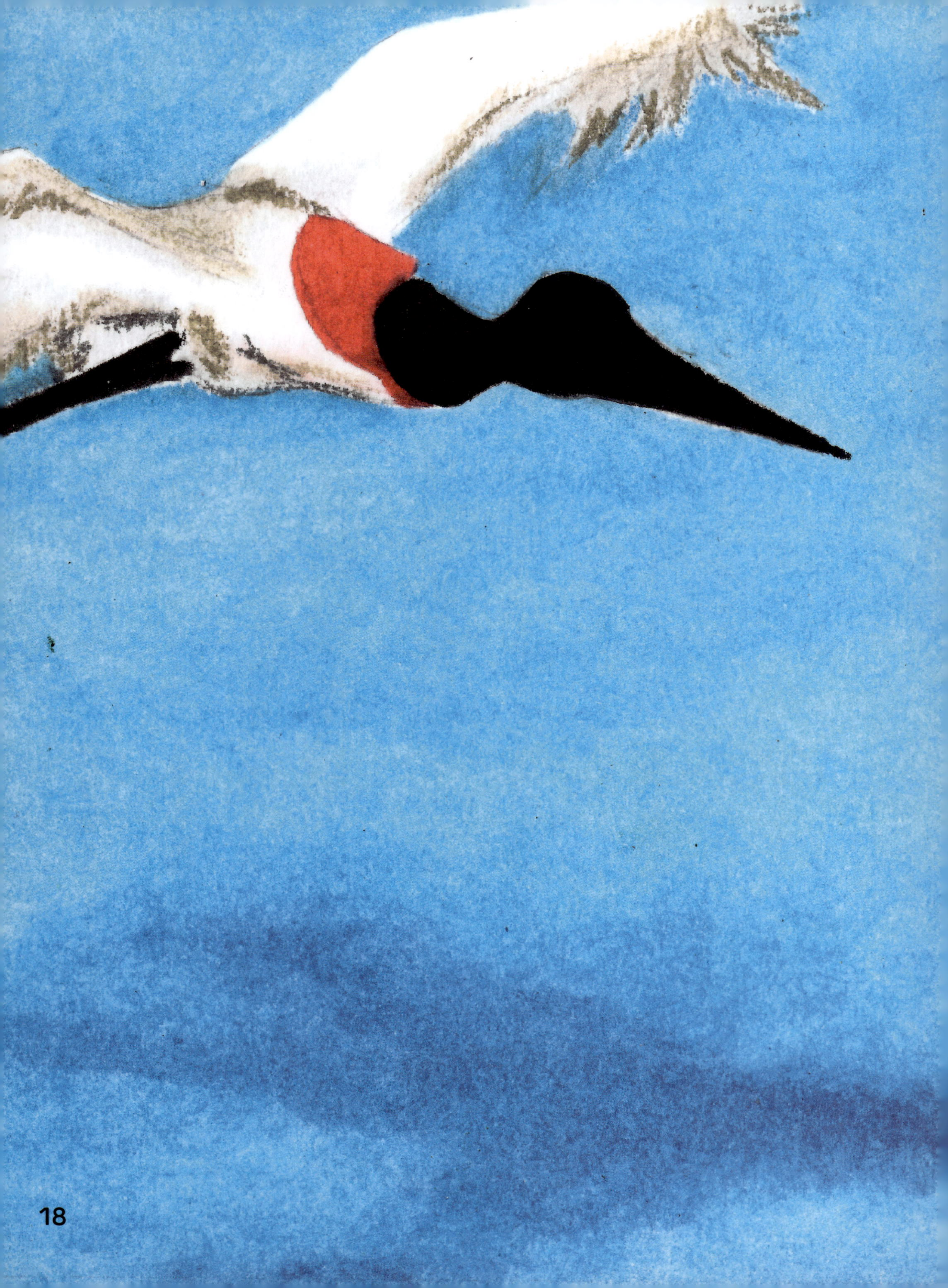

Num voo rasante, o pássaro atravessou a lagoa. Na outra margem, o jacaré já tinha se ajeitado fora da água e esperava de bocão aberto.

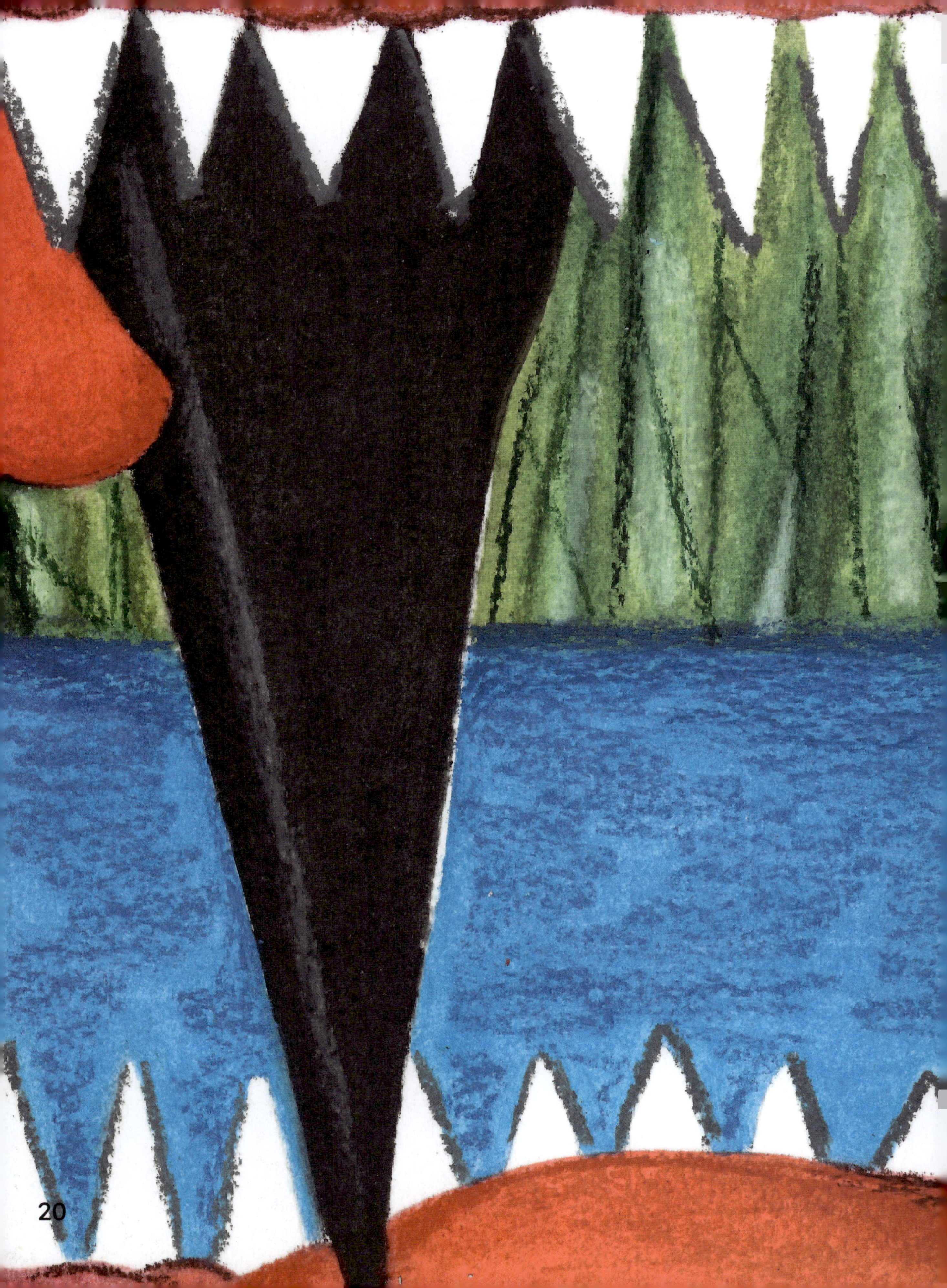

Tuiuiú chegou bem perto e começou a ciscar, catando restinho de comida, uma ou outra sujeirinha. Enquanto comia a sobremesa, ia limpando a boca do jacaré.

De dente limpo e satisfeito, o jacaré fechou a boca, agradeceu, virou para o outro lado e caiu no sono.

O tuiuiú levantou voo e foi para o ninho, para junto com sua mulher cuidar dos filhos.

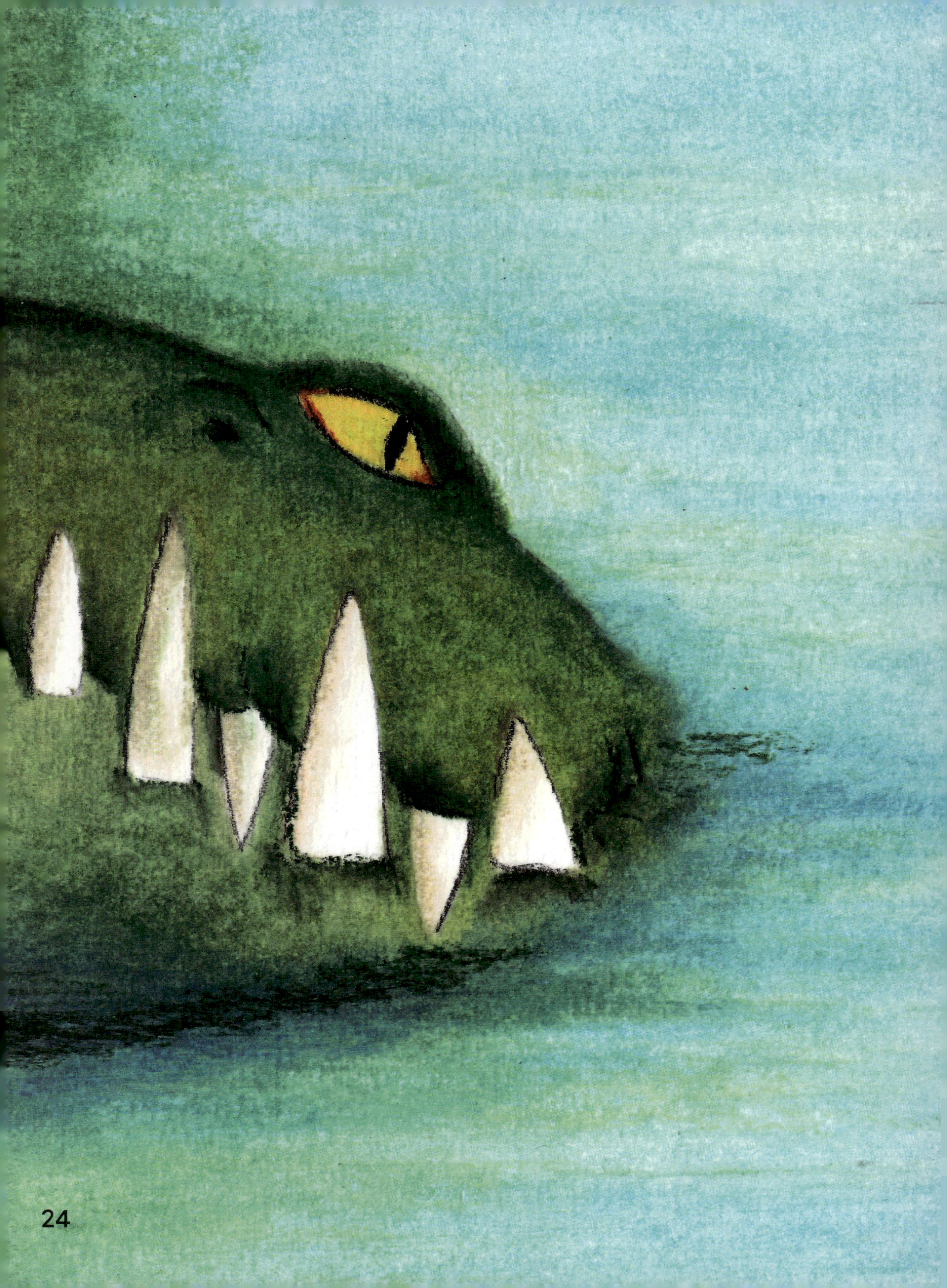

Lá de longe, o rio avistou o jacaré. Sem parar de correr, interrompeu o cochilo do bicho e gritou:

– Amigo jacaré, boa tarde. Você pode me ajudar? Tem piranha demais na minha água. Os peixes pequenos estão sumindo, os sapos e as cobras estão se acabando, as piranhas estão devorando tudo.

O jacaré até começou a babar, piranha era seu prato preferido. Marcaram a comilança para a hora do jantar.

No fim da tarde, o jacaré
se banqueteou
com as piranhas

e o rio se alegrou com a volta

dos outros peixes, das cobras

e dos sapos.

Assim é a natureza,

**uma coisa compensa a outra
para a vida poder continuar.**

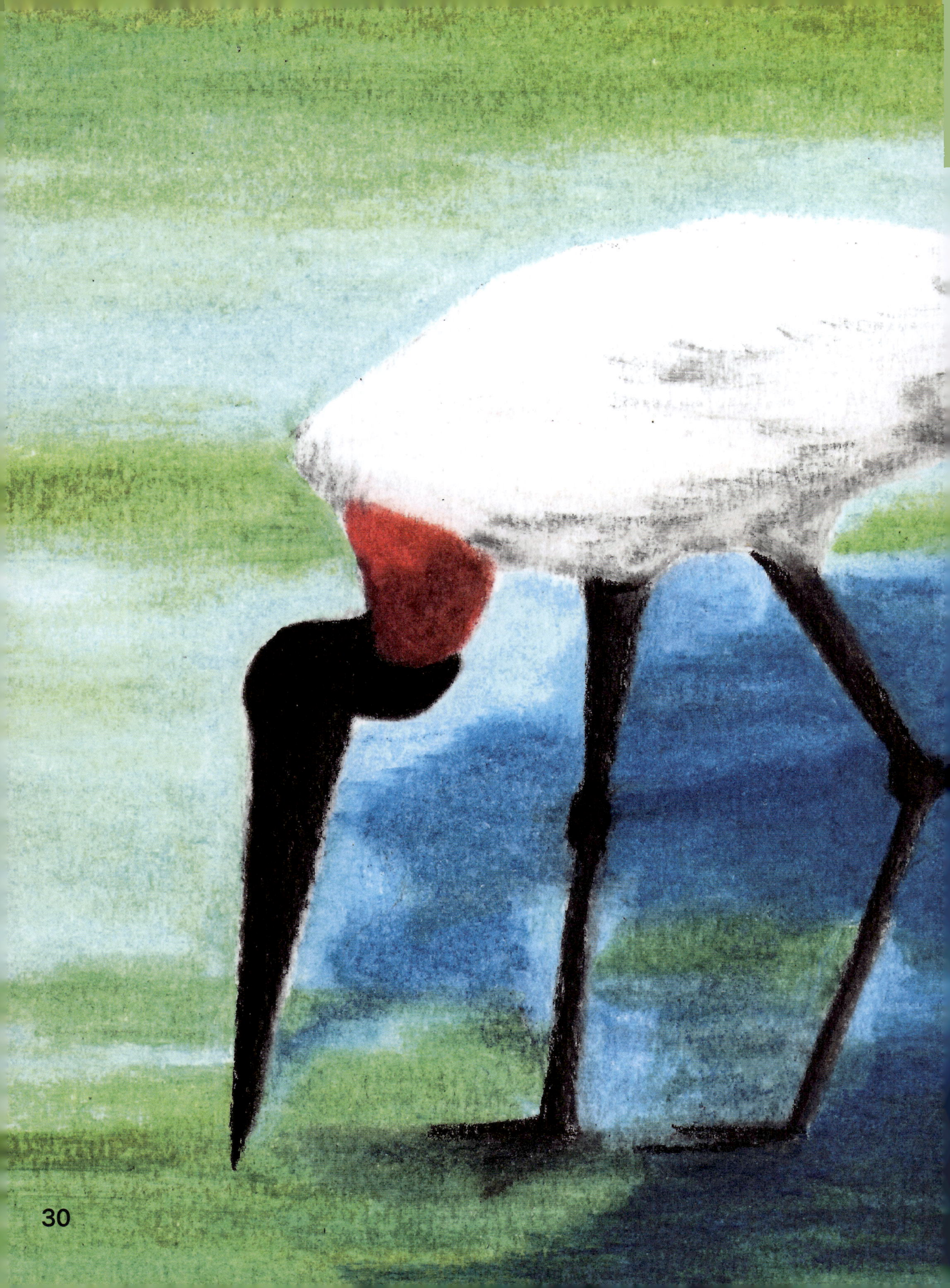

Uns dias depois, na beira da lagoa, o tuiuiú catava seu almoço. Bicava um peixinho aqui, um inseto ali, um ou outro bichinho pequeno.

Mas Romãozinho estava no pedaço, esperando uma ocasião para fazer ruindade. Deu um assobio para chamar atenção.

Tuiuiú se virou, viu o menino sorrindo

e abriu as asas, esperando ganhar um abraço.

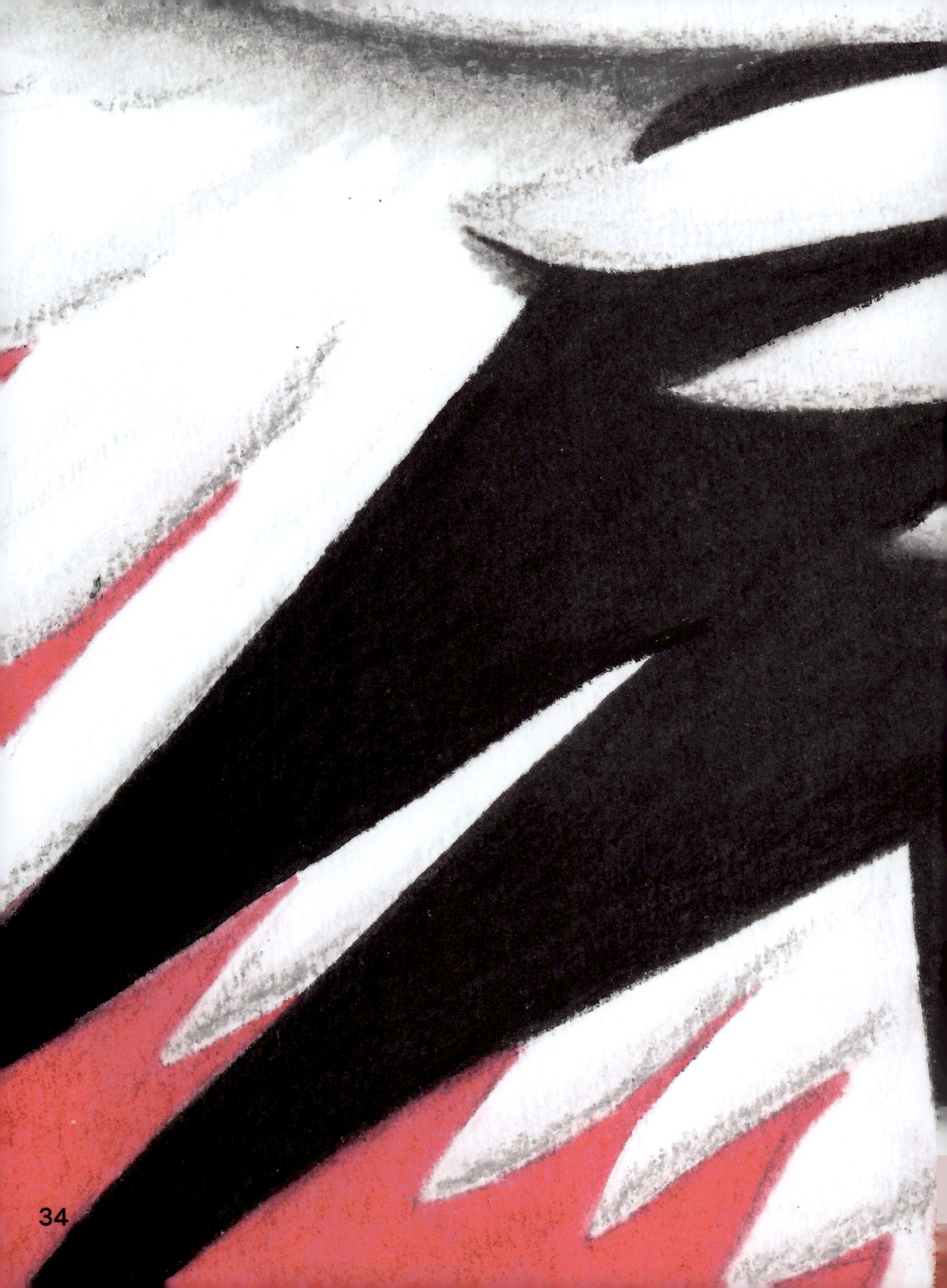

Mas que nada! Romãozinho lhe deu **rasteira, pontapé e safanão.** O tuiuiú ganhou foi uma asa quebrada.

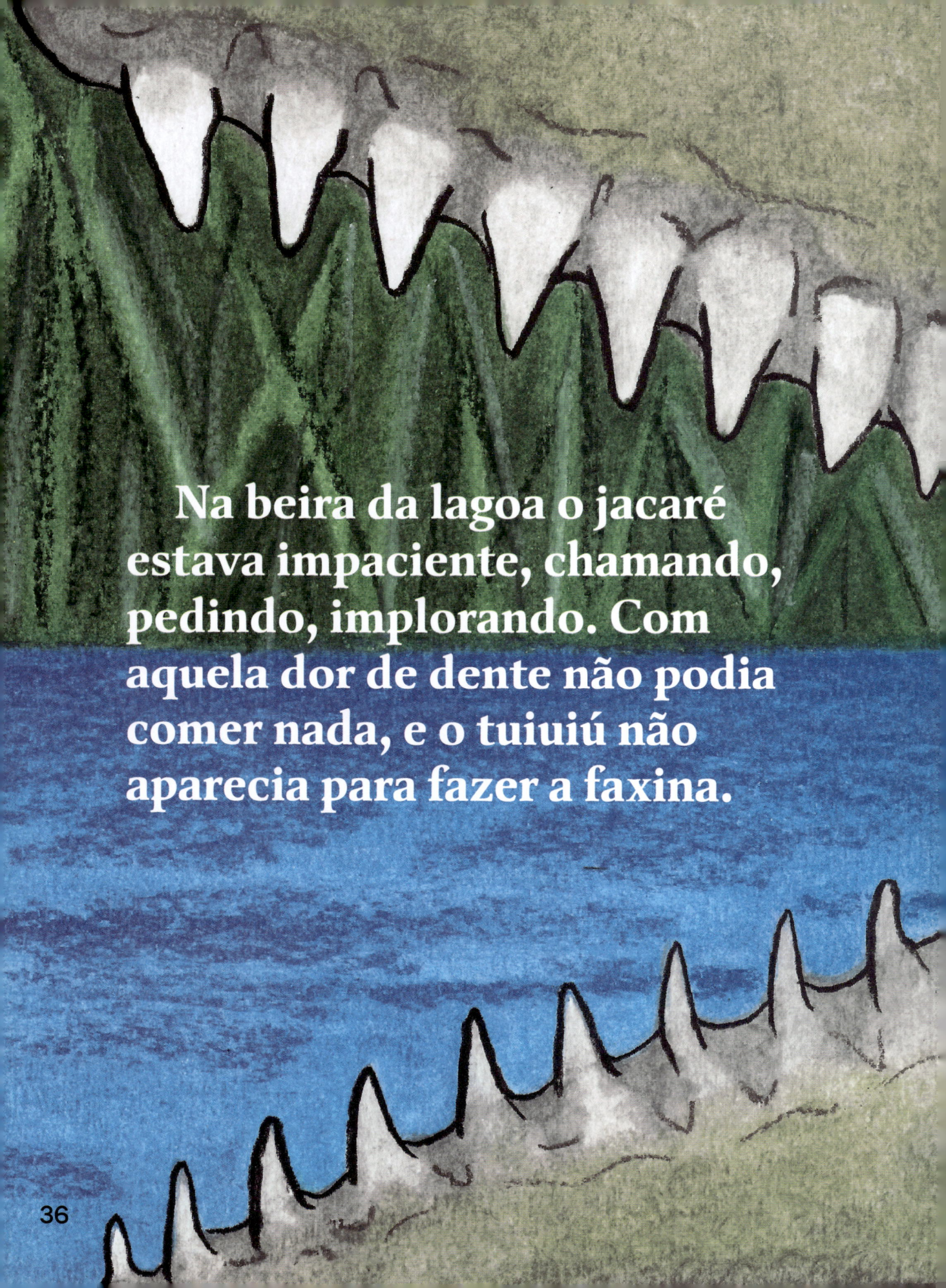

Na beira da lagoa o jacaré estava impaciente, chamando, pedindo, implorando. Com aquela dor de dente não podia comer nada, e o tuiuiú não aparecia para fazer a faxina.

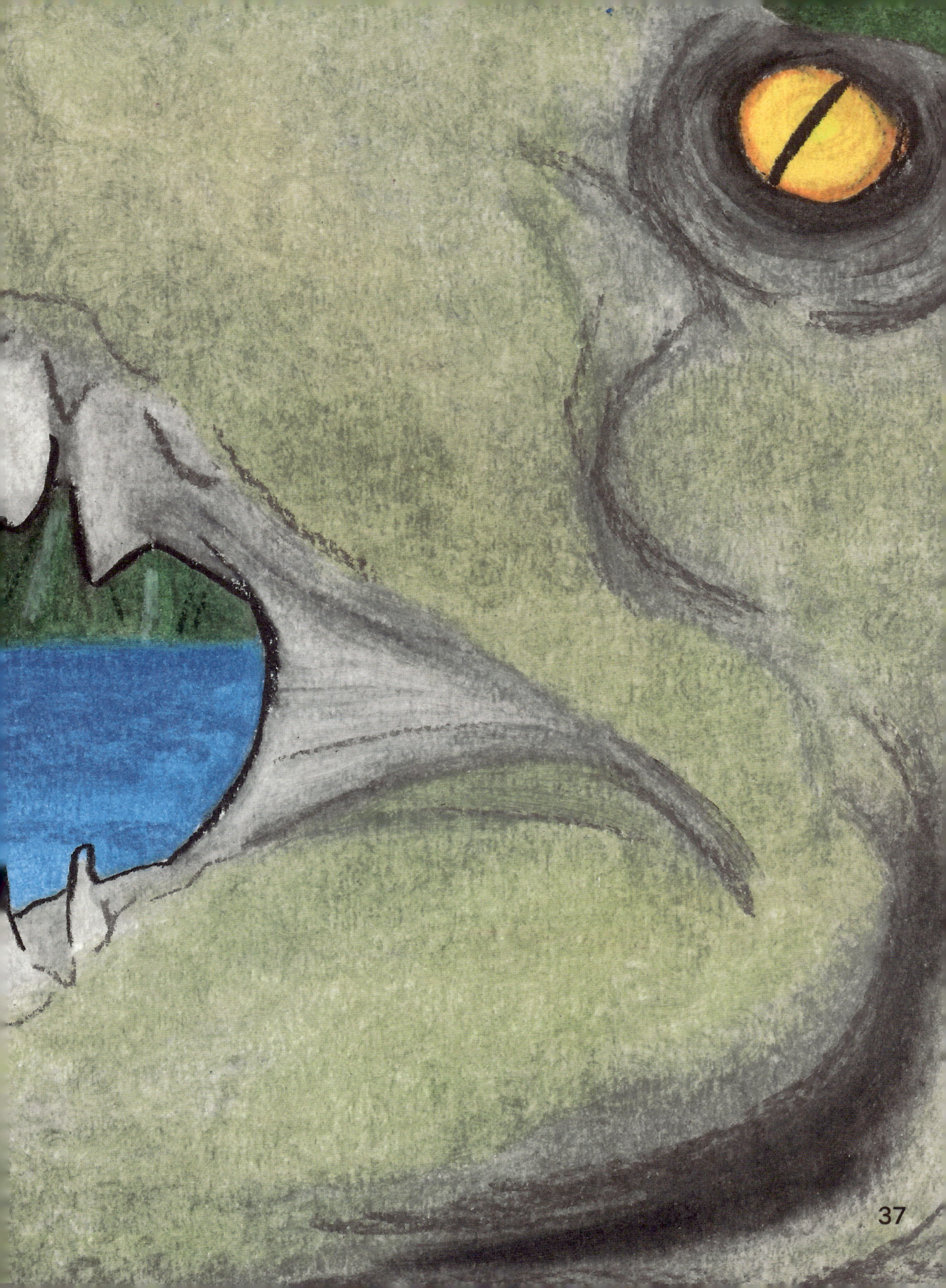

38

Enquanto isso, do outro lado, o rio corria desatinado, chamando, pedindo, implorando. As piranhas faziam a festa, e o jacaré não aparecia para se banquetear. Curupira lá na floresta ouviu os pedidos de ajuda. Pulou nas costas do porco-do-mato, que saiu galopando.

40

Já de longe ele avistou o jacaré, na maior tristeza, chorando de dor de dente.

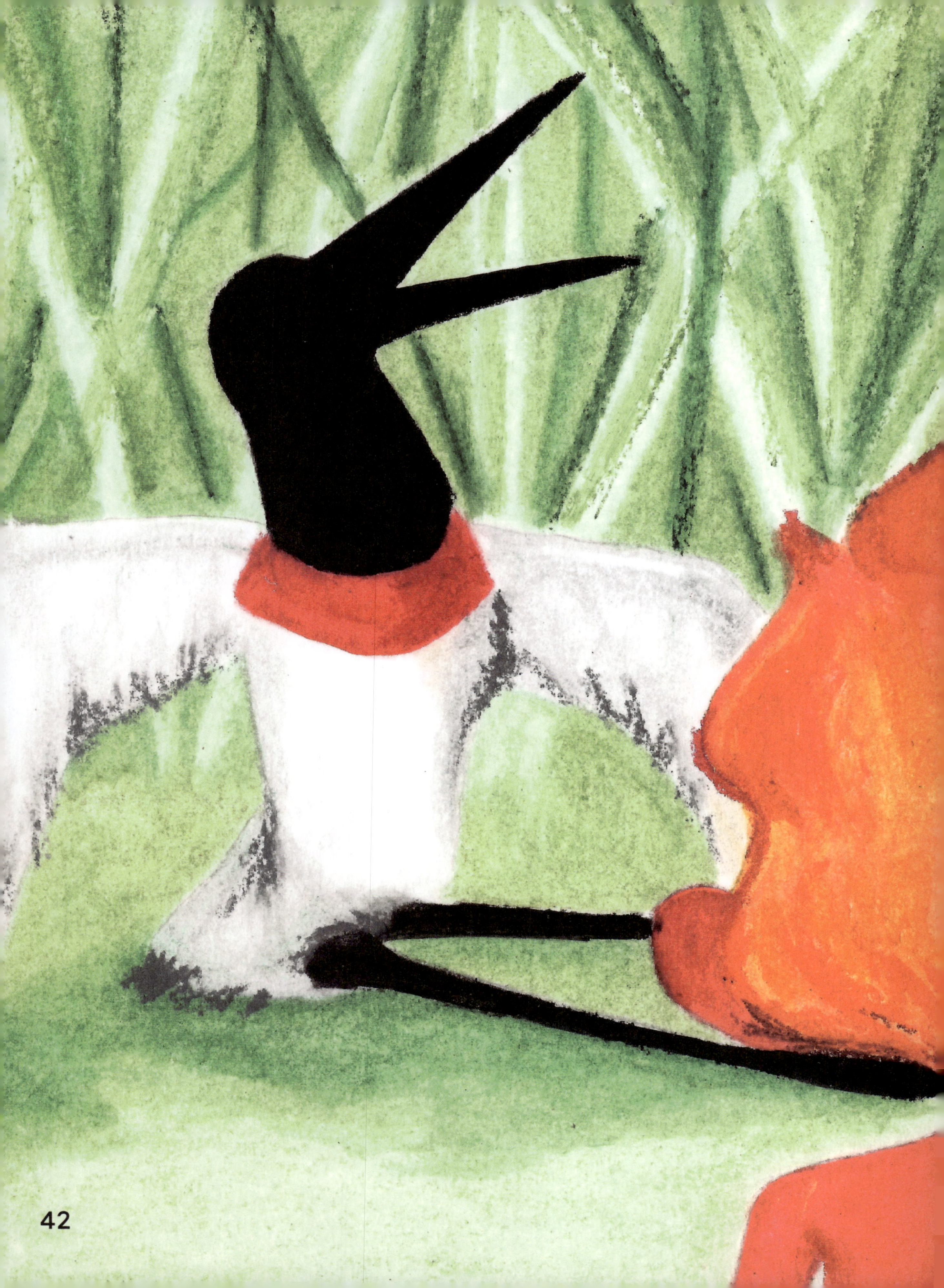

E o tuiuiú? Curupira encontrou o coitado encolhido e jururu, de asa caída, sem poder voar.

Só podia ser coisa do Romãozinho!

Curupira pensou um pouco. Tinha que dar um jeito, e depressa! Com óleo de buriti e um pouco de magia, fez uma compressa, contou até quinhentos e curou o tuiuiú.

45

Num voo rasante, o pássaro atravessou a lagoa. Na outra margem, o jacaré esperava, de bocão aberto.

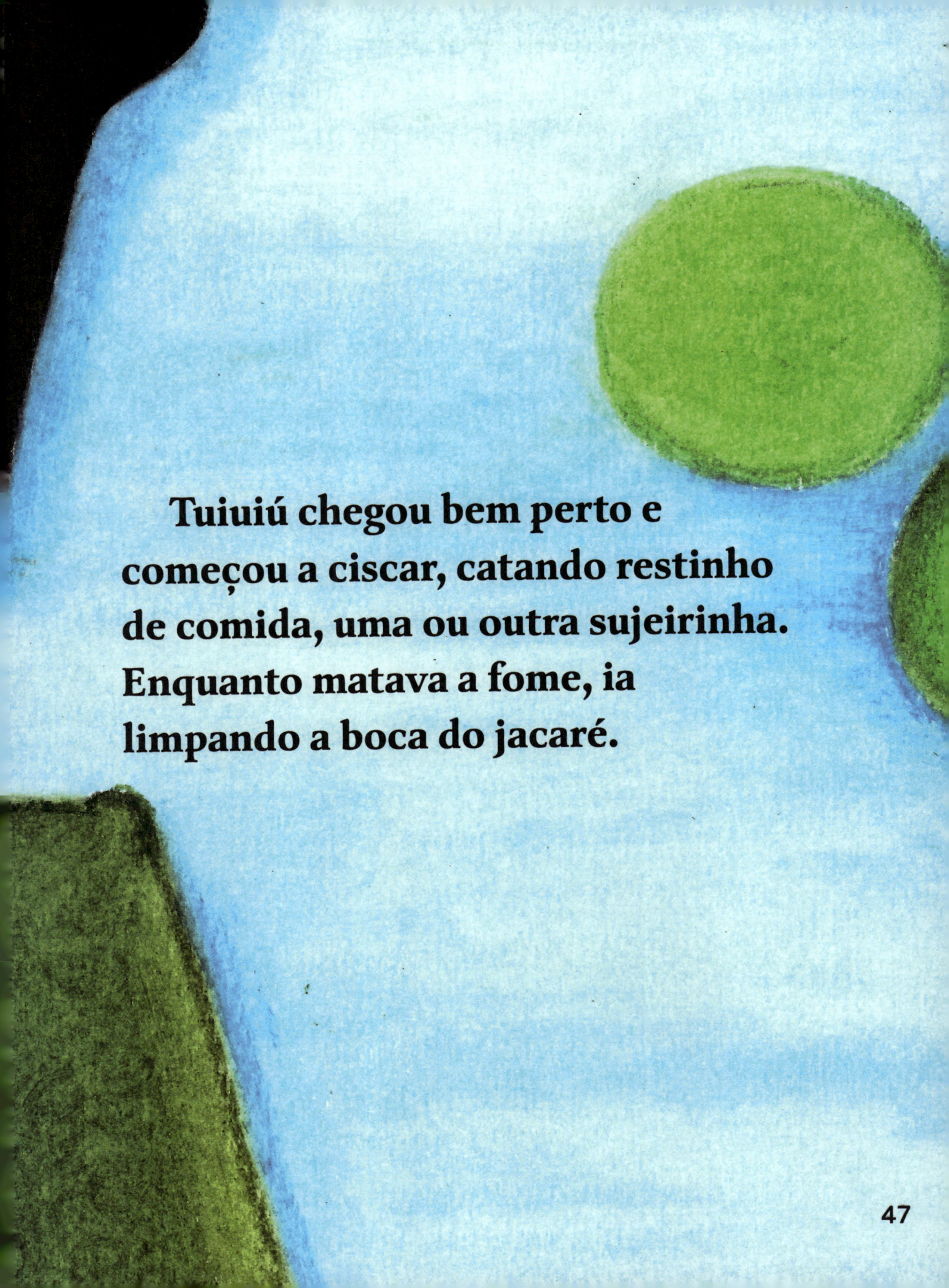

Tuiuiú chegou bem perto e começou a ciscar, catando restinho de comida, uma ou outra sujeirinha. Enquanto matava a fome, ia limpando a boca do jacaré.

Sem dor de dente e satisfeito, o jacaré fechou a boca, agradeceu e foi direto para o rio.

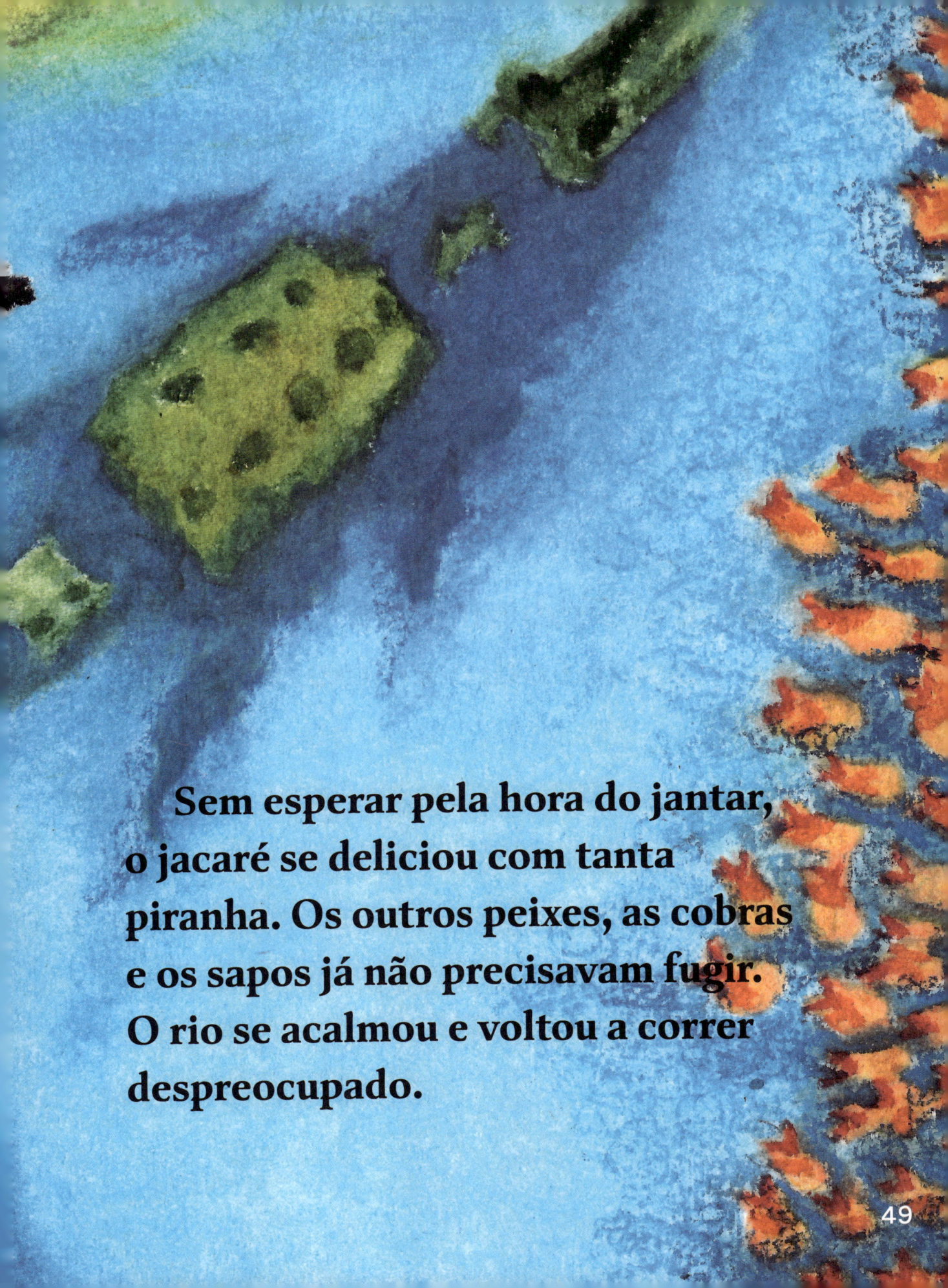

Sem esperar pela hora do jantar, o jacaré se deliciou com tanta piranha. Os outros peixes, as cobras e os sapos já não precisavam fugir. O rio se acalmou e voltou a correr despreocupado.

Curupira voltou para a floresta,

em busca do Romãozinho.

Trouxe o menino pela orelha, com a cara toda vermelha, para receber o castigo pelo estrago que tinha feito.

Tuiuiú desceu do ninho e lhe deu uma bicada, jacaré saiu da água e lhe deu uma rabanada e do rio ele levou um banho de água gelada.

Será que depois disso o Romãozinho tomou jeito?

As ilustrações deste livro foram feitas diluindo-se giz de cera (pastel oleoso) em vaselina líquida, sobre papel de desenho texturizado de alta gramatura (300 g/m²).

Esta obra foi composta em Gravity e em Classica Pro e impressa pela Color System em offset sobre papel offset 150 g/m² para a Saíra Editorial em fevereiro de 2021